Marc Richters

Das Wandelräd-chen

Eine runde Sache

www.tredition.de

© 2018 Marc Richters

Verlag und Druck: tredition GmbH, Hamburg

ISBN
Paperback: 978-3-7469-7981-6
Hardcover: 978-3-7469-8095-9
e-Book: 978-3-7469-7982-3

„Ludmilla!!, Ludmilla!!" Unser Hund war auch wirklich blöd… man rief ihn und keiner wusste, ob er wirklich wusste, dass er gemeint war. Dieses Mal hatte ich Glück. Die alte Dame kam ganz langsam, aber stetig angetrottet.

„Fein Ludmilla, toll! Du bist ja ein ganz kluger Hund." Gerade kaum bei mir, ging sie auch wieder in die Küche und dachte wohl, dass ich sie für ein Leckerli gerufen hätte. Naja… dann tue ich ihr mal den Gefallen, dachte ich mir und gab ihr einen schönen Hundeknochen. 28 war ich mittlerweile und wohnte immer noch zuhause. Ich hatte schon einige Jobs ausprobiert und sogar mal studiert, aber nie fand ich die Motivation und Ausdauer, irgendwas dauerhaft zu machen. Ich wohnte zusammen mit meinen Eltern und Ludmilla in einem relativ großen Haus. Es hatte zwei Etagen und einen Dachboden. Eine kleine steile Treppe führte zu diesem. Man kann sich das so vorstellen, dass der Dachboden eine Art Abstellkammer für Dinge war, für welche man keine Verwendung fand. Wenn ich früher gewusst hätte, was für ein skurriles Objekt dieser Dachboden beherbergte, hätte ich mich öfters dort aufgehalten und ein wenig herumgestöbert.

15:00 Uhr war es mittlerweile und ich wusste mal wieder nicht, was ich mit dem Tag anfangen sollte. Also ging ich joggen. Das konnte ja nicht schaden. Schnell meine alten Sportsachen angezogen, machte ich mich auf den Weg. Ich hatte mir angewöhnt, mit einer Lauf-App zu laufen, welche sich auf meinem Smartphone befand. Diese zeigte das Tempo und die genaue Distanz an. Ich war kein sonderlich schneller Läufer, aber ich hatte eine recht gute Ausdauer. Ich lief also los und hoffte, dass ich nicht wieder nach wenigen Minuten abbrechen würde. Meine obligatorische Laufstrecke begann immer mit einem steilen Berg. Es ist schon mühsam, den steilen Berg hinaufzulaufen, aber es gibt kaum alternative Strecken, welche man relativ ungestört absolvieren konnte. Ich hatte vor kurzem Interesse an alten Dingen wie Antiquitäten entdeckt. Irgendwie ging mir unser Dachboden bei meinem heutigen Lauf nicht mehr aus dem Kopf. Ich war mir sicher, dass sich dort noch viele spannende Sachen befinden würden, aber ich fand bisher nicht die Motivation, dort wirklich ausgiebig zu suchen. Irgendwo, auf der Hälfte der Strecke, kam mir in den Sinn, dass ich dies ändern musste und den Dachboden mal ernsthaft inspizieren sollte. Von der Idee beflügelt, lief ich die letzten beiden Kilometer in etwa 5:20 min, was für mich ein ziemlich flottes Tempo war.

Puhh... endlich zuhause angekommen, sprang ich schnell unter die Dusche und konnte es kaum erwarten, meine Idee, den Dachboden zu inspizieren, in die Tat umzusetzen. Das Duschen tat mir gut, ich war erschöpft, aber fühlte mich viel frischer als vor dem Laufen. Den Dachboden umgab - in meinen Augen - schon immer eine gewisse Mystik. Man kann dies mit einem verlassenen Herrenhaus vergleichen, wo es spuken sollte. Ich selbst bin ein großer Fan von mystischen Dingen, obwohl einen die Erfahrung meist belehrt, dass sich alles erklären ließe. Die Mystik… für mich ein Wort, welches zahlreiche spannende Konnotationen mit sich zog, wie z.B. unerklärlich, Natur, aber auch Grusel oder leichtgläubig.

Aber nun genug ausgeschweift… ich fasste mir Mut und ging die knatschende steile Treppe hinauf. Na toll, dachte ich mir…eine knatschende Treppe… der Dachboden, oder vielmehr der Weg dorthin erfüllte schon einmal ein Klischee, welches mir wenig Mut machte, dort etwas Spannendes zu finden. Es war quasi so klischeehaft, dass man sich nicht mehr vorstellen konnte, dass es so sei. Am Ende der Treppe gab es einen Eingang, welcher mit einem Vorhang verdeckt war. Ich hatte irgendwie etwas Angst vor dem Dachboden, konnte mir aber kaum erklären, warum. Wahrscheinlich hatte ich in meiner Kindheit zu viele „Gänsehaut"-Taschenbücher gelesen, in denen der Dachboden meist gewisse Gefahren beherbergte. Ich machte das Licht an und war komplett fasziniert von der Wirkung, welche die teilweise bis zur Decke gestapelten Gegenstände hatten... ebenso klischeehaft, wie die knatschende Treppe, war dann auch der Dachboden selbst. Eine Glühbirne hing an der Decke und rief in mir eine gewisse Trostlosigkeit hervor. Naja... hier wohnt ja niemand, dachte ich und gut, dass es hier überhaupt Strom und Licht gab.

Hmm... wo sollte ich anfangen? Offensichtlich war, dass hier seit einer halben Ewigkeit niemand mehr aufgeräumt hatte. Meine Mutter war eigentlich sehr ordentlich, aber wenn sich erst einmal eine gewisse Unordnung eingestellt hatte fiel selbst ihr schwer, einen Anfang fürs Aufräumen zu finden. Ich fing damit an, mir einzelne Objekte, welche einen gewissen

Reiz innehatten, genauer anzuschauen. Das erste Objekt, welches mir auffiel, war eine alte Konservendose. Ich suchte nach dem Haltbarkeitsdatum.... 14.04.2008! Na toll! Wenn ich Hunger hatte, sollte ich hier oben vielleicht besser nicht suchen, dachte ich mir. Ich fing an meine ganze Motivation zu hinterfragen. Mein Gefühl sagte mir, dass hier nur wertlose Gegenstände vorzufinden waren. Aber ich hatte die Hoffnung nicht aufgegeben und suchte akribisch weiter. Was wollte ich hier eigentlich finden? Eine alte Puppe, die spricht? Wertvolle Antiquitäten, welche ich zu Geld machen könnte? Ich musste innerlich etwas lachen, weil ich wirklich nicht an Gespenster oder Ähnliches glaubte. Eine wertvolle Rarität hier zu finden, schien mir fast noch unwahrscheinlicher, als eine geheimnisvolle, sprechende Puppe. Ein paar weitere abgelaufene Konservendosen, man glaubte es kaum, und viele maximal 20 Jahre alte Bücher später, fand ich ein Spielzeug. Das ist vielleicht ein paar

Euro wert, sagte ich mir sarkastisch. Ich gab dann schließlich auf und ging enttäuscht wieder die steile Treppe hinab.

Ich setzte mich auf die Couch und blickte desillusioniert in der Gegend herum. Meine Mutter kam gerade vom Einkaufen zurück, ich grüßte sie mit einer merkbar unterschwelligen Enttäuschung.

„Was ist los?", fragte sie. „Ach... ich war auf dem Dachboden, nur Scheiß da", erwiderte ich. „Das hätte ich dir auch vorher sagen können. Du kannst ja gleich mal aufräumen, wenn du da zufällig nochmal sein solltest", sagte sie. „Jaja", erwiderte ich etwas lapidar.

Heute Abend wollte mich ein Freund besuchen. Er hieß Misuki und kam ursprünglich aus Japan. Er kannte sich mit allem, was mit Technik zu tun hatte, unglaublich gut aus. Er war mit 5 Jahren, zusammen mit seiner Familie, nach Deutschland gekommen. Momentan machte er, seinen Interessen entsprechend, ein Studium mit dem Schwerpunkt „Elektrotechnik". Er war 26 Jahre alt und kein Mann der großen Worte. Ich mochte ihn aber sehr gern. Meine Mutter mochte ihn auch und er durfte, wenn er mal wieder da war, mitessen. Er war in seinen Überzeugungen etwas anders gepolt als ich. Er glaubte mehr an die Wissenschaft und Fakten. Mystik war schon immer ein Fremdwort für ihn. Naja, überzeugt war ich von der Mystik natürlich auch nicht, aber ich hoffte vielmehr, dass es sowas geben müsse. Meine Mutter überraschte uns beide und lud uns zum Essen bei einem Japaner ein, der überwiegend Sushi anbietet.

Um ca. 18:30 Uhr fuhren wir also gemeinsam zum Japaner unseres Vertrauens. Misuki sagte mal wieder gar nichts und mir fiel es auch schwer, ein geeignetes Thema zu finden. Letztendlich sprach ich ihn auf sein Studium an, aber er antwortete.... Nichts. Ich war nicht sauer auf ihn, oder enttäuscht, ich kannte es ja nicht anders. Der Weg zum Japaner, wo wir schon einige Male waren, war nicht weit. Nach ca. 15 Minuten Fahrzeit kamen wir an. Meine Mutter hatte schon einen Tisch reserviert. Höflich wies man uns einen Tisch zu, an den wir uns auch setzten. Es war ein runder Tisch, an dem auch vier oder fünf Personen Platz gefunden hätten. Heute gab es ein „All you can eat"-Buffet. Ich freute mich immens darauf, ich hatte nach dem Laufen nur wenig gegessen und musste meine Energiespeicher auffüllen. Mmmm.... Es roch nach gebratenem Lachs. Nach Sushi roch es nicht, aber der Geruch des gebeizten Lachses reichte vollkommen. Das Buffet war ebenfalls an einem runden Tisch angeordnet. Misuki war schmächtig, man könnte es auch positiver ausdrücken, er war drahtig und schlank. Er machte sich aber einen gigantischen Teller von Sushi-Variationen fertig. Ich nahm als Erstes etwas vom Lachs und ging damit zu unserem Tisch zurück. Ich wünschte den beiden einen „Guten Appetit" und wir fingen an zu essen. Hatte Misuki gerade „Danke gleichfalls" gesagt? Ich musste es mir eingebildet haben. Je mehr ich aß, desto fitter fühlte ich mich. Ich merkte regelrecht, wie sich meine Speicher auffüllten. Naja... es ist bestimmt viel „self-fulfilling prophecy" dabei. Man aß etwas, was als gesund galt und man fühlte sich gleich besser. Meine Mutter nahm sich wie immer eine kleine Portion Ingwer, der ja sehr bekömmlich für den Magen sein sollte.

Warum ich von diesem Essen berichte, ist, weil mir das erste Mal auffiel, dass vieles in meiner Umgebung rund war. Na ja gut, ein runder Tisch und ein „rund" angeordnetes Buffet war noch durchaus normal, kann man jetzt sagen, doch mir fiel es das erste Mal auf. Das Essen verlief ansonsten recht alltäglich. Nach eins, zwei Sake, redete sogar Misuki etwas. Er war dankbar für die Einladung, und sprach über seine beruflichen Möglichkeiten nach dem Studium. Meine Mutter bewunderte ihn dafür, wahrscheinlich, weil ich mal „so gar nichts" zustande brachte. Er sagte aber auch, dass er sehr viel lernen müsse, damit er alles verstehen könne. Ich denke, dass meine Mutter Misuki für hochbegabt hielt, aber wahrscheinlich war dies wohl nur so, weil sie mich für besonders naiv hielt. Naja, aber im Großen und Ganzen war es sicherlich ein schöner Abend. Meine Mutter brachte Misuki noch nach Hause. Er hatte eine kleine Mietwohnung in der Stadt, welche sogar eine ziemlich gute Lage hatte. Wir verabschiedeten uns voneinander und erwähnten, dass wir uns bestimmt bald schon wiedersehen würden. Meine Mutter trank natürlich keinen Sake, weil sie ja fahren musste, aber sie freute sich, dass Misuki und ich ziemlich gut drauf waren und nette Gespräche führen konnten.

Auf dem Rückweg passierte nichts Besonderes, das Radio spielte die übliche Musik und meine Mutter konzentrierte sich aufs Autofahren. „round round baby, round round....." tönte es aus dem Radio. Ein Song von den Sugarbabes. Moment mal.... lief nicht vorher „what comes around goes around" von Justin Timberlake? Schon wieder eine Assoziation mit dem "Runden", welche mir auch schon im Restaurant auffiel. Naja, wird wohl ein Zufall sein, dachte ich mir, aber irgendwie ging es mir nur schwer wieder aus dem Kopf. Philosophisch betrachtet und das gesamte sogenannte Universum in Betracht gezogen, ist ja auch vieles rund. Planeten sind rund, der Mensch erfand ein rundes Rad und typische Sätze wie: „Es schließt sich der Kreis", „Eine Runde drehen". Ja, wie sagte schon ein bekannter griechischer Mathematiker: „Störet meine Kreise nicht". Und natürlich die Zahl Pi! Vielleicht die bekannteste mathematische Konstante. Nun gut, weil sie kein Ende hat, ist es ja genau genommen keine Konstante, man bezeichnete sie aber so. Und Pi ist natürlich der Umfang geteilt durch den Radius eines Kreises, also etwas Rundem. Müde vom ganzen Tag kamen wir zuhause an. Ich ging auch recht zügig ins Bett, weil ich vom Laufen immer noch Erschöpfung empfand.

„Was ein Mist", der Wecker klingelte um 8.30 Uhr und ich fühlte mich echt mies. Ich brauchte morgens immer meine obligatorischen fünfzehn Minuten, um nicht aufzustehen und mich direkt wieder hinlegen zu müssen. Morgens wenn ich aufwachte, erschien mir mein ganzes Leben immer wie ein einziges Wrack, aber eines, wo keine Schätze weit und breit verborgen waren. Etwa fünfzehn Minuten später, stand ich also auf und ging schlecht gelaunt zum Frühstückstisch. Mein Vater war um die Zeit schon auf dem Weg zur Arbeit und meine Mutter war meist schon fertig mit dem Frühstück. Ich aß morgens immer Haferflocken mit Milch. Die sollen ja, dank der Mineralstoffe, gute Laune machen. Dass sie unbedingt gute Laune machen würden, konnte ich nicht direkt bestätigen, aber zumindest gefühlt bessere Laune als vorher. Kaffee trank ich auch, aber vorrangig wegen der aufputschenden Wirkung, als wegen des guten Geschmacks. Nachdem ich gefrühstückt hatte, machte ich meist das Radio an. Ich hörte allgemein - falls es möglich war - den ganzen Tag Musik. Heute las ich ausnahmsweise einmal die morgendliche Zeitung. In irgendeinem Teil der Zeitung fand ich die Überschrift „Warum der Mensch das Rad erfand". „Oh je", dachte ich mir, jetzt verfolgt mich dieser Kreis, oder vielmehr der „runde Gedanke" schon wieder. Ich musste schmunzeln. „Runder Gedanke", ein runder Gedanke bedeutete ja so viel, wie ein stimmiger Gedanke. Wahrscheinlich war es normal, dass man oft auf runde Dinge traf.

Ich hatte momentan leider keinen geregelten Tagesablauf und wusste oft nicht, was ich mit der Zeit anfangen sollte. Auf das Laufen hatte ich an diesem Tag eher weniger Lust, aber ich musste ja irgendetwas Vernünftiges tun. „Vernünftiges", was ist das eigentlich für ein blödes Wort? Ich konnte mich letztendlich zum laufen durchringen. Das Wetter war recht angenehm dazu. Es war ein mediterraner, sonniger Septembertag. Ich lief wieder mal meinen Standardberg hinauf und bereute es erstmal, doch laufen gegangen zu sein. Nach einiger Zeit fiel mir ein, wie ich gestern gelaufen war. Ich erinnerte mich erwartungsvoll, wie ich an die Inspektion des Dachbodens gegangen war. Vielleicht sollte ich es noch einmal in Angriff nehmen, könnte gut sein, dass ich zu oberflächlich gesucht hatte. Ich lief heute eine recht mäßige 6 min/km-Zeit. Ich fühlte mich allgemein etwas behäbig und hatte eigentlich zu nichts Lust. „Dann werde ich vielleicht nochmal auf dem Dachboden gucken", besser als gar nichts zu tun war es allemal. Irgendwie gefiel mir die Idee immer mehr. Es hatte ja alles so verheißungsvoll begonnen. Die ganze Atmosphäre war zwar klischeehaft, aber irgendwie auch vielversprechend, wenn man es positiv auslegen wollte. Ein guter Kollege von mir, der Johann hieß, sagte auch schon, dass auf dem

Dachboden einige Schätze nur darauf warteten entdeckt zu werden. Ich vermutete, dass er dies nur sagte, um mir Hoffnung zu machen, aber er sollte letztendlich recht behalten.

Ich lief stoisch meine restlichen Kilometer und war froh, als ich erschöpft zuhause ankam. Ludmilla begrüßte mich ausnahmsweise sehr freundlich. „Jaha Ludmilla, du bekommst gleich was von mir". Aber sie ging nicht wie sonst in die Küche, sondern lief die Treppe zum Dachboden schnell „rauf und runter" und wiederholte dies mehrfach. Ich hatte mich zum Glück ja vorher entschieden, den Dachboden zu inspizieren. Ein Hund, der mehr wusste als ich, war das, was mir grade noch gefehlt hatte. Ich konnte es jetzt kaum noch erwarten den Dachboden erneut zu sehen. Ich sprang hektisch unter die Dusche und benutzte mein Coffein-Shampoo, wovon meine Haare endlich wieder wachsen sollten. Ich dachte, dass dies nie passieren würde, aber die Hoffnung starb bekanntlich zuletzt. Ich hatte eine richtig schöne Halbglatze und war darüber nicht grade froh, aber das Coffein-Shampoo, würde es schon richten. Naja, das dachte ich beim Dachboden ja auch. Die Rückschlüsse, die ich daraus zog, waren, dass es wohl alles Träumereien von mir seien. Ich betrachtete mich nach dem Duschen im Spiegel. Naja... so schlecht sah ich eigentlich gar nicht aus. Ich hatte zwar einen Bauchansatz, aber dafür eine kräftige Statur und eine wohl proportionierte Brustmuskulatur. Von meinen Freunden war ich aber wohl der Dickste.

„ Mensch, ist das alles ein Mist", dachte ich mir. Ich hörte ein Bellen... „Jaja Ludmilla, ich komme ja gleich", sagte ich etwas genervt. Ich war durchaus nervös, weil ich darauf hoffte, auf dem Dachboden doch noch etwas Interessantes zu finden. Ich stand vor der Treppe und wurde immer nervöser. Mein durchschnittlich etwa 90-100 Schläge schneller Puls, schlug grad bestimmt 120-

130 mal/Minute. Ich kam mir ziemlich be-
scheuert vor. Nur, weil hier alles klischeehaft wirkte und ein blöder Hund mir etwas
zu zeigen schien, ließ ich mich derart verrückt machen. Naja, ich mochte Ludmilla ja
echt gern, aber ein Hund, der schlauer war
als ein - ich sag mal - durchschnittlich intel-
ligenter Mensch, gefiel wohl niemandem.
Ich fasste mir ein Herz und ging die ersten
Stufen hinauf. Das Knatschen kannte ich ja
jetzt bereits. Mein Puls war konstant hoch,
aber die ganzen Hiobserscheinungen mach-
ten mir viel mehr Freude, als wie ich das
erste Mal die Treppe hinaufstieg.

Einen kurzen Augenblick später stand ich
direkt vor dem Vorhang. Ich zog ihn zur
Seite und ging in den Raum mit den schrä-
gen Wänden. Wo sollte ich anfangen zu suchen?. Ich nahm mir auf jeden Fall vor,
diesmal auch in den Ecken und Kisten
nachzuschauen. Als Erstes fand ich alte
Schallplatten und Kassetten. So eine Kiste
Schallplatten konnte schon einmal um die

50€ bringen. Es schien aber Schlager zu sein, welcher sich schlecht verkaufen ließ. Was ich gleich finden sollte, war derart unglaublich, dass ich es immer noch nicht richtig fassen konnte. Ich suchte also weiter und war in einer verwinkelten Ecke des Dachbodens angekommen. In einer Kiste waren viele Spielsachen und darunter war ein kleines Spielzeug- Spinnrad. Nicht sonderlich spektakulär erschien es mir, aber es war immerhin mal ein skurriler Gegenstand. Ich war meiner Meinung nach, bis auf einige alte Kassetten und dieses Spinnrad, auf nichts Wertvolles oder Spannendes gestoßen.

Etwas enttäuscht, aber realistisch, verließ ich den Dachboden und ging die Treppe wieder hinunter. Ich setzte mich auf die Couch und guckte mir meine Funde nochmal genauer an. Die Kassetten könnten, jeweils schon, einen Fünfer bringen, dachte ich. Das kleine Spinnrad, war eigentlich ganz schön verarbeitet, es sah genau wie eines in Originalgröße aus. Es war ungefähr so groß wie ein Tischtennisschläger. Ich testete es und bewegte mit meinen Fingern die winzigen Fußpedale. „ Es lief!" Die Miniatur bewegte sich genauso, wie ein richtiges Spinnrad. Wenn ich 20€ dafür bekäme, konnte ich mich glücklich schätzen, vermutete ich. Ach ja, das Rädchen war ja rund, fiel mir wieder auf... wieder mal so eine Spinnerei von mir. „Spinnerei", das passte ja.

Ich entschloss mich, zu einem Antiquitätenhändler zu gehen und diesen zu fragen, was so ein Rädchen Wert sein könnte. Es gab in meiner Gegend einen Händler, welcher recht bekannt war und vieles für den kleinen Geldbeutel aufkaufte. Ich machte mich also auf den Weg zu ihm. Ich erwartete nichts Besonderes und hoffte nur, dass ich ein paar Euro mit nach Hause nehmen konnte. Ich trat mit einem obligatorischen „Hallo" in seinen kleinen Laden ein. Es gab hier wirklich alles, was man sich nur vorstellen konnte. Alte Schachbretter, Lampen,

Tische, usw. Er schien vor allem Ausgefallenes zu mögen, und dementsprechend glich kein Teil dem anderen.

„Schönen guten Tag", erwiderte der recht klein gewachsene Mann, im vermutlich mittleren Alter. "Was kann ich für Sie tun?" Ich erzählte ihm kurz, dass ich unseren Dachboden inspiziert hatte und auf was ich gestoßen war. „Ah ja", sagte er und guckte mit großen Augen auf den Gegenstand, den ich in der Hand hielt. „Möchten Sie es verkaufen?", fragte er etwas aufgebracht. „Wenn wir uns über den Preis einig werden, denke ich schon", erwiderte ich. „So ein Teil ist doch nichts wert." Ich war überrascht von der plötzlichen Grobheit des Händlers.

„Ist es gar nichts wert?", fragte ich. „ Da müssen Sie mir eher noch was für geben, wenn Sie es abgeben möchten." Ok, dass ich hier keinen Schatz mitgebracht hatte, war mir schon klar gewesen.

„Ich wusste nicht, dass ich Schrott gefunden hatte", sagte ich. „Ja, Schrott, so kann man es bezeichnen", erwiderte er. „Es funktioniert sogar noch", sagte ich verwundert.

„Ich habe genug gesehen", sagte der Mann fast schon verärgert. Etwas beleidigt war ich schon, vor allem, weil er so schroff reagiert hatte. „Ok, dann gehe ich wohl besser". „Haben Sie noch andere Dinge? Vielleicht sind diese von Interesse für mich" Ich sagte, dass ich noch ein paar alte Kassetten hätte.

„Können Sie mir diese bei Gelegenheit mal zeigen?", fragte er. "Aber das kleine Spinnrad, wird wohl niemand wollen", sagte er von seiner Aussage überzeugt. Ich entschloss mich dann auch wieder zu gehen. „Ich wünsche Ihnen noch einen schönen Tag", verabschiedete ich mich. „Danke gleichfalls", erwiderte der Händler etwas genervt.

Auf dem Rückweg ließ ich mir unser Gespräch noch einmal durch den Kopf gehen. Der Händler war normalerweise ein netter Mann, warum hat er so komisch reagiert?

Hatte er diesen Gegenstand schon einmal irgendwo gesehen, oder bildete ich mir nur ein, dass er komisch reagiert hatte? Ich war mir nicht sicher, ob ich einen zweiten Antiquitätenhändler konsultieren sollte. Ich entschloss mich dagegen und wollte nach dem Misserfolg nur noch schnell nach Hause. Zuhause angekommen setzte ich mich, typisch für mich, erstmal direkt auf die Couch. Mir machte es irgendwie Spaß, das Rädchen durch meine Finger in Bewegung zu versetzen. Es drehte sich fast geräuschlos, regelrecht gespenstisch. Mir fiel auf, dass es sich, nachdem ich es nicht mehr durch meine Finger antrieb, relativ lange weiterdrehte. Es hatte also kaum Reibungskräfte, es ging somit wenig Energie verloren. Fast wie ein Perpetuum Mobile! Was natürlich nur eine Traumvorstellung der alten Physiker und Wissenschaftler im Allgemeinen gewesen war. Gäbe es wirklich ein Perpetuum Mobile, so würden sich die Energiefragen der Welt, in Luft auflösen. Irgendwo muss die

Energie herkommen, welche es für den Antrieb bräuchte. Wo eine Bewegung ist, gibt es auch immer Energieverluste. Es müsste also die Energieverluste aus sich selbst kompensieren. Es ist eigentlich völlig unmöglich. Ich denke, dass an ein Perpetuum Mobile zu glauben, ähnlich ist, wie vom Urknall überzeugt zu sein. Da soll die Energie ja auch aus dem Nichts gekommen sein. Wissenschaftlich war ich ähnlich wie an der Mystik, ebenfalls interessiert.

Irgendwie faszinierten mich Statistiken und Wahrscheinlichkeiten. Ist ein Münzwurf in der Praxis eine 50:50 Chance? Ich war zumindest der Überzeugung, dass es dies nicht sei. Erklären tat ich mir dies, in der Beschaffenheit der Oberfläche fast aller Münzen. Thema Gravitation, also Erdanziehungskraft. Ein beschmiertes Brot fällt auch meistens auf die beschmierte Seite. Die schwerere Seite, wird mehr von der Erde angezogen als die leichtere. So verhielt es sich beim Münzwurf auch, nur, dass es sich in einem viel ausgeglichenerem Bezugssystem abspielte als bei einer bestrichenen und unbestrichenen Brotseite. Ich merkte schon, dass ich gedanklich wieder abschweifte. Ich wollte das kleine Spinnrad gar nicht mehr verkaufen.

Heute stand noch ein Treffen mit meinem Freund Johann an. Er war ein echt lustiger Typ, mit dem man viel lachen konnte. Ganz anders als Misuki, hatte er keinen Schulabschluss, oder ein angefangenes Studium vorzuweisen. Er arbeitete im Sektor des „Verpackens" in einem Lager. Seine größte Stärke war, nach eigenen Aussagen, der Umgang mit technischen Geräten. Meine Mutter mochte ihn, ähnlich wie Misuki, ziemlich und so durfte er uns gelegentlich besuchen kommen. Um etwa 16:00 Uhr wollte mich Johann besuchen und er kam auch relativ pünktlich an. Wir setzten uns auf die Couch und fingen an Faxen zu machen.

„Weißt du noch", fing er an. „Frische Müllermilch von Buttermilch", oder „Frische Muttermilch von Müllermilch?" „Klar", sagte ich. Es war an einem Abend, wo wir etwas getrunken hatten, als wir uns über diese Werbeslogans kaum mehr mit dem Lachen eingekriegt hatten. Johann hatte eine besondere Affinität für Werbeslogans. Mein absoluter Favorit von ihm war: „ Banane Traube, Banane Traube, schön sommerlich, im Kühlregal, Joghurt mit der Buttermilch, Joghurt mit der Buttermilch, probier ihn mal... PROBIER IHN MAL". Völlig aus den Stehgreif fing er einmal an, diesen Slogan zu singen und ich musste wirklich Tränen lachen.

Wir entschieden uns heute „Gran Turismo", für die Playstation 2 zu zocken. Wir zockten den Karrieremodus, in dem man im Rennen Geld verdienen und sich immer bessere neue Autos oder Tuningteile kaufen konnte. Johann fuhr das erste Rennen. Er hatte das Talent, bei fast allem, was er machte, lustig zu sein. „Die nehmen mich in die Mangel, die A......löcher", rief er auf einmal, als er von zwei Autos gestreift wurde. Naja... ein begnadeter Fahrer, war Johann jetzt nicht gerade. Ich würde sagen, dass er durchschnittlich fuhr. Naja... vielleicht etwas unterdurchschnittlich. Schlecht? Ich war damit einverstanden zu sagen, dass er halt „fuhr".

Ach ja, ich hatte mein Spinnrädchen beim Zocken ganz vergessen und wollte Johann noch vom merkwürdigen Gespräch mit dem Händler berichten. Es war inzwischen Abend. Meine Mutter hatte für jeden von uns eine Pizza gemacht. Beim Essen wollte ich beiden davon erzählen. Wir setzten uns an den Esstisch. Meine Mutter begnügte sich mit 2 belegten Scheiben Brot.

Nach ein paar Bissen sagte ich: „Ich war heute beim Antiquitätenhändler, wegen des Rädchens." Meine Mutter erwiderte: „Und winkt die große Kohle?" Ich sagte: „Er bezeichnete es als „Schrott" und reagierte ziemlich eigentümlich. Mir kam es so vor, als hätte er es schon einmal irgendwo gesehen. Vielleicht bringt es Unglück, oder Ähnliches." Meine Mutter bezweifelte dies und Johann sagte: „Ist doch lustig." Ich empfand beides als nicht gerade beruhigend. Aber es waren eigentlich typische Reaktionen der beiden.

Was jetzt folgte, war mehr als erstaunlich. Meine Mutter starrte, verdutzt wirkend, in Richtung Couch. „Wie machst du das?" „Was denn?", fragte ich. „Ja, dass sich das Rädchen dreht", sagte meine Mutter. „ Das Rädchen dreht sich?", erwiderte ich erstaunt. Ich drehte mich um und sah tatsächlich, dass sich das Rädchen bewegte und die Mechanik der Fußpedale ebenfalls. Johann lachte laut los. „Cooler Trick", sagte er flapsig. „Das muss ich mir mal anschauen", fügte er noch hinzu. Er ging zur Couch und plötzlich stoppte jegliche Bewegung des Gegenstandes. Naja... „Gegenstand" schien mir mittlerweile unterbewertet. Es war vielmehr ein Wunderwerk, weil ich auch keine Ahnung hatte, warum es sich drehte.

Johann war davon irgendwie begeistert und stimmte: „Banane Traube, Banane Traube" usw. an. Meine Mutter sang, ich vermute aus Höflichkeit, mit. Ich stimmte später auch mit ein. Es war eine skurrile Situation. Wir feierten regelrecht das Spinnrädchen. Nachdem wir uns wieder gefangen hatten, traute ich mich, zum gefeierten Objekt zu gehen. „Das muss doch irgendwer installiert haben." Quasi ein gut gelungener Zaubertrick. Irgendwie muss das Rädchen ja mechanisch angetrieben worden sein. Eine Batterie oder Stromfunktion, hatte es definitiv nicht. Meine Mutter lächelte etwas. Sie dachte anscheinend, dass ich das gewesen sei. Ich beteuerte nur: „Ich war das auf keinen Fall, ich bin selbst ernsthaft verwundert." Meine Mutter machte solche Dinge nicht, da war ich mir sicher. Johann kannte sich, ähnlich wie Misuki, nur mit elektronisch betrieben Dingen aus. Als das Ereignis von allen Anwesenden gut verdaut war, fragte ich recht trocken: „Was ist hier grad passiert?" Innerlich musste ich im Moment etwas lachen. Vielleicht gibt es ja doch das Perpetuum Mobile. Ich musste jetzt wirklich lachen, weil das Glauben an das Perpetuum Mobile dem Glauben an den Weihnachtsmann glich. Wieder lachte ich. Das Rädchen war mehr als ein Perpetuum Mobile. Vielleicht hatte uns wirklich jemand einen Streich gespielt, dachte ich mir. Unbehagen löste das ganze Szenario eigentlich nicht bei mir aus. Ich empfand es vielmehr als spannend.

Wenn es wirklich ein Phänomen gewesen sein sollte und es keine wissenschaftliche Erklärung gab, dann sollte ich wohl bald keine Geldsorgen mehr haben. Es gab ja dieses Angebot der „Wissenschaft", dass derjenige, der etwas vorzeigen könne, das sich nicht erklären ließe, eine Millionen Dollar erhielt. Naja... soweit waren wir hier wohl lange noch nicht, aber in unserem Rahmen, war es schon einmal „unerklärlich". „ Banane Traube, Banane Traube..." Johann hörte gar nicht mehr auf zu singen. Ich verstehe bis heute nicht, was er an diesem Szenario so lustig fand. Nun gut, ich musste ja auch bei einigen Gedanken lachen. Bei Johann wusste man oft nicht so genau, was er meinte, oder was ihm dabei durch den Kopf gehen würde. Die Situation war schon ziemlich absurd. Endlich hörte er auf zu singen und ich konnte wieder etwas klarer denken. Ich wollte irgendwie testen, ob sich das Rädchen nochmal, scheinbar, oder auch nicht scheinbar, von alleine drehen konnte. Auf jeden Fall, musste das Rädchen etwas Besonderes sein. Auch wenn es ein Trick war, war es der Protagonist dessen. Etwas gruselig war es mir mittlerweile schon, das musste ich zugeben. Meiner Mutter schien das alles egal zu sein und Johann war immer noch begeistert. Ich wartete darauf, dass einer der beiden etwas Vernünftiges dazu sagen würde. Währenddessen fiel mir auf, dass Johann eine neue Frisur hatte. Sie war nicht radikal und nicht gut, aber „radikal gut". Johann machte sich so langsam auf den Weg nach Hause. Ich entschloss mich, dem Vorfall erstmal nicht zu viel Bedeutung zu schenken, aber es fiel mir gewiss nicht leicht. Wir verabschiedeten uns kurz und er machte sich auf den Weg.

Es war inzwischen 20:30 Uhr und ich setzte mich, wie meistens, auf die Couch. Das Rädchen stand vor mir, als ob nichts passiert wäre. Ich nahm mir vor, alles positiv zu sehen. Hey... es war etwas Besonderes passiert. Entweder ein Mysterium, oder ein ziemlich gelungener Trick. Ich dachte darüber nach, erneut den Händler zu konsultieren und ihm davon zu erzählen, was vorgefallen war. Ich war ziemlich unentschlossen, weil er ja schon etwas gereizt reagiert hatte. Vielleicht hatte er schon einmal etwas Ähnliches über das Rädchen gehört und ihm war es unheimlich. Vielleicht war es ja auch ein technisches Wunderwerk und es hatte einen Speicher für Energie, der dann irgendwann willkürlich aktiviert wurde. Ich schaute noch ein wenig fern und ging dann irgendwann gegen 22:00 Uhr ins Bett.

Der nächste Tag, sollte wieder einiges Spannendes bringen. Ich wachte heute schon um 8:00 Uhr auf, bevor mein Wecker klingelte. „Oh nein...", dachte ich mir, ich war wieder mal unglaublich müde. Ich quälte mich um 8:15 Uhr aus dem Bett. Langsam schritt ich die Treppe hinab. Auf dem Weg nach unten, sah ich flüchtig in das Wohnzimmer. Ich erwartete natürlich, dass das Rädchen noch auf dem Tisch vor der Couch stand, aber es stand dort nicht mehr. Dann musste es meine Mutter wohl weggeräumt haben. Ich machte mir, wie immer, Haferflocken mit Milch und goss mir eine Tasse Kaffee ein, den meine Mutter immer sehr früh kochte.

Sie musste mich wohl gehört haben, kam gerade aus dem Keller, und wünschte mir einen „Guten Morgen". „Guten Morgen", sagte ich knautschig. Obwohl ich noch sehr müde war, fragte ich recht zügig „ Hast du das Rädchen weggeräumt?" „Nein, nicht dass ich wüsste", antwortete sie. Es kam wirklich oft vor, dass meine Mutter etwas wegräumte und es dann wieder vergaß. Es ärgerte mich, aber ich ließ es mal auf sich beruhen. Ich schlug die Morgenzeitung auf. Unten rechts steht immer das Zitat des Tages. Ich kann mich nicht mehr genau daran erinnern, aber in etwa stand dort: „Das Automobil sei nur eine vorübergehende Erscheinung, es wird das Pferd auf Dauer nicht ersetzen können". Ziemlich sarkastisch kam das rüber, wenn man es heutzutage las, es war aber wohl ernst gemeint. Klar, das Auto gab es auch nur wegen der Erfindung des Rades. Mein Spinnrädchen fiel mir da direkt wieder ein. Ich hoffte sehr auf das Gedächtnis meiner Mutter. Ich ging davon aus, dass sie es versehentlich weggeräumt hatte. Was jetzt passierte, war wieder mehr als verrückt.

Ich stand vom Frühstückstisch auf und sah das Rädchen wieder auf dem Tisch vor der Couch stehen. Hatte meine Mutter es gerade unbemerkt wieder hingestellt? Sie war doch wieder in den Keller gegangen... Hey! Das Spinnrad war wieder da, dachte ich mir sarkastisch. Mir wurde immer mehr bewusst, dass es etwas ganz Besonderes sein musste. Es fing ja schon mit Ludmilla an, die die Dachbodentreppe „rauf und runter" lief. Dann die ständigen Assoziationen über etwas „Rundes", der Fund des Rädchens und die komischen Ereignisse „rund" um diesen Gegenstand. Alle Klischees wurden erfüllt, aber diesmal musste es wirklich etwas mystisches sein, so hoffte ich. Ich kam auf die Idee, das Rädchen Leuten zu zeigen, die sowas ernsthaft interessieren könnte. Wenn ich etwas unangemessenes hineininterpretierte, war ich eben der Dummkopf, damit konnte ich leben. Vielleicht war es eine gute Idee, das Objekt einem Kunstexperten an der Uni zu zeigen. Zu dem komischen

Kunsthändler wollte ich nicht noch einmal. Meine Mutter schien das Ganze nicht wirklich zu stören, oder sie stand darüber. Vielleicht glaubte sie auch, dass ich dies alles inszenieren würde. Oder sie wusste von dem Rädchen und was es alles zu können schien. Ich wusste es wirklich alles nicht so genau.

Zu der Uni zu fahren, an der ich mal studiert hatte, empfand ich als eine vernünftige Idee. Ich konnte mich ja notfalls durchfragen, wo ich eine Vorlesung über Kunsthistorie, oder aber auch Physik fand. Ich war mir gar nicht so sicher, welcher Bereich das mysteriöse Objekt am besten analysieren konnte. Ich nahm mir eine kleine Einkaufstasche aus Stoff und legte das Rädchen hinein. Mit dem Bus brauchte ich ca. 45 min zur Uni. Welches Gefühl mich erfüllte, war mir selbst nicht so klar, aber es schien mir etwas Positives zu sein. Ich war aufgeregt und empfand eine gewisse Vorfreude. Mittlerweile dachte ich aber leider auch, dass der Antiquitätenhändler etwas Negatives über das

Objekt zu wissen schien. Im Moment war mir dies aber relativ egal, weil ich das genaue Gegenteil empfand. Vielleicht wusste er auch mehr als ich...."Think Positive" war aber im Moment meine Einstellung. Irgendwie lustig, ich fuhr mit einem kleinen Spinnrädchen zur Uni. Da konnte doch eigentlich nichts daraus werden. Der Bus kam wie immer um 44 nach. Auf dem Fahrplan stand 43, aber er kam eben immer um 44. Am Vormittag war der Bus zum Glück nicht so voll. Ich hatte einen bequemen Platz gefunden, der mir auf dem Weg zur Uni, wohl nicht mehr streitig gemacht werden konnte. Nach einer wenig spannenden Busfahrt, traf ich Haltestelle „Universitätsstraße" ein. Die Universität war ziemlich groß, ich musste wohl beim Sekretariat nach der gesuchten Fakultät fragen. Ich war mir nicht so sicher, welche Fachrichtung ich konsultieren sollte, entschied mich aber schließlich für „Physik". Wahrscheinlich gab es doch wieder eine wissenschaftliche Erklärung für die Vorkommnisse. Ich trat in das Sekretariat ein und war mir noch gar nicht ganz sicher, was ich sagen sollte. Ich entschied mich dafür, preiszugeben, dass ich einen womöglich interessanten Gegenstand dabei hatte und dass ich diesen bestmöglich einem Professor für Physik zeigen wollte.

"Wo finde ich eine Vorlesung in Physik?", fragte ich für meine Verhältnisse recht bestimmt. „Sind Sie an unserer Universität Student? Was haben Sie für ein Anliegen?" Ich erwiderte: „ Ähh... also ich war hier mal Student. Ich möchte einem Physikprofessor ein womöglich für die gesamte Fakultät interessantes Objekt zeigen." Sie fragte daraufhin: „Eigentlich darf ich darüber keine Auskunft geben, aber nun gut , was haben Sie denn für einen womöglich interessanten Gegenstand?" „Ein kleines Spinnrädchen", erwiderte ich stolz. Sie sagte daraufhin: „Ok, ich vertraue Ihnen mal. Dann gehen Sie bitte in den Bereich L, zweite Etage links, da findet momentan die Vorlesung für Physik statt." „ Vielen Dank", sagte ich noch und machte mich erfreut auf zum Bereich „L".

Ich wusste noch von früher, wo sich dieser befand. Ich erinnerte mich zum Glück richtig und war nach ca. 4 min Fußweg im Bereich „L". Ich ging, für meine Verhältnisse, recht zügig die Treppe hinauf. Auf Hälfte der Treppe vernahm ich bereits die Stimme eines Mannes. Das musste der Professor für Physik sein. Ich guckte vorsichtig in den Hörsaal. Das reichte schon, um einen fiesen Kommentar vom Professor zu bekommen.

„ Besser spät als nie" sagte er und einige - ich ging zumindest davon aus, dass sie es waren - der Studenten lachten etwas erzwungen. Es war mir durchaus peinlich. Einen Spruch vom Professor zu bekommen, war mir unangenehm. „Es tut mir leid", sagte ich, um die Situation nicht aufbauschen zu lassen. "Ich bin kein Student", fügte ich dummerweise noch hinzu. „Auch Gasthörer sollten pünktlich kommen", sagte er besserwisserisch. „Ich bin sowas ähnliches wie ein Gasthörer, darf ich mich trotzdem setzen?"

Er sagte daraufhin: "Jetzt würde es mich schon interessieren, warum Sie den Weg zu mir und meinen Studenten gesucht haben." Ich erwiderte stolz: „ Ich habe einen, wie ich denke, interessanten Gegenstand mitgebracht. Er hat natürlich auch etwas mit Physik zu tun." Der Prof dachte wohl kurz nach und sagte dann, sich an seine Studenten wendend: „Ist es für Sie ok, wenn der junge Mann kurz sein Objekt vorstellt?" Die Studenten reagierten positiv und schienen sich sogar etwas darüber zu freuen. Was da an der Tafel stand, sah ziemlich kompliziert aus, sie könnten etwas Abwechslung bestimmt gut gebrauchen.

Selbstbewusst durch den Zuspruch des Professors, ging ich zu ihm. Er sagte dann: „ Hallo! Stellen Sie sich bitte kurz vor." „Ich heiße Ludwig" Viele Studenten lachten. Oh je... warum hatte ich einen Namen erfunden? Im Nachhinein, denke ich, dass es besser gewesen war, weil ich schon noch genug von mir preisgeben würde.

„Ich habe ein Objekt mitgebracht, welches ich auf dem Dachboden gefunden habe." Ich holte das Rädchen aus der Tasche und stellte es auf den Pult. Ein Student jubelte kurz, wahrscheinlich aus Ironie, weil er ein ausgefalleneres Objekt erwartet hatte. Davon recht unbeeindruckt redete ich weiter. „Das Rädchen sieht nicht sonderlich spektakulär aus, aber es ist wirklich ein Wunderwerk der Technik. Was ich jetzt erzähle, ist kein Witz. Das Rädchen kann sich selbständig drehen und beginnt damit wohl ohne Fremdeinwirkung. Es kann auch sein, dass es Energie speichert und diese willkürlich wieder in Bewegungsenergie umsetzt."

„Blödmann", rief ein Student. „Wir sind Physikstudenten und keine Idioten." Ich sagte daraufhin: „Ich möchte hier niemandem zum Narren halten, ich möchte nur herausfinden, was es mit dem Gegenstand auf sich hat." Derselbe Student sagte noch: „ Ich wette, dass das ein ganz normaler Gegenstand ist", und lachte dabei hämisch.

Wenn das Rädchen hier nichts machen sollte, dann stand ich wirklich schlecht dar. Die Wahrscheinlichkeit war ja sogar ziemlich gering. Es hatte bisher ja nur zwei unerklärliche Ereignisse rund um das Rädchen gegeben. Etwas unter Druck gesetzt, fuhr ich meinen kleinen Vortrag fort. „ Bevor ich hier zu hohe Erwartungen wecke, möchte ich den Professor bitten, sich das Rädchen mal genauer anzuschauen." Ich kann mir mittlerweile etwas blöd vor, weil ich mich wie in einer Zirkusmanege fühlte. Ich hatte sowas ja auch nicht vorbereitet. Ich hätte sagen sollen, dass ich das Rädchen nur dem Professor zeigen wollte.

„Erstmal vielen Dank, Herr Ludwig!" Gelächter unter den Studenten. „Darf ich es einmal ausprobieren?", fragte der Prof. Ich sagte, dass man mit den Fingern auf die kleinen Pedale drücken müsse. Der Professor probierte es aus und es funktionierte einwandfrei. „Ich denke, dass es ein ganz normales Objekt ist, Herr Ludwig."

Auf einmal fiel mir ein Raunen unter den Studenten auf. Einer sagte: „Guck dir das Spinnrädchen an!" Ich sah das Spinnrad und stellte erschrocken fest, dass es sich wie verrückt drehte. Es fing an nach verbranntem Holz zu riechen und als ich genauer hinschaute, sah ich, dass es dampfte. Selbst dem Professor schien es etwas unheimlich zu sein, aber er beruhigte sich schnell wieder. „Es wird gleich schon wieder damit aufhören", sagte er. Einige Studenten verließen schon den Hörsaal. Mir fiel auf, dass sich das Rädchen so langsam wieder beruhigte. Als es allen aufgefallen war, saß etwa noch die Hälfte der Studenten auf ihren Plätzen. Das eine Großmaul von vorher rief jetzt sogar: „Geile Action!", und lachte. Nur ein paar andere mussten schwerfällig, wie ich vernahm, grinsen.

Obwohl ich es so ähnlich kannte, war es mir doch wieder etwas unheimlich. Der Professor raufte sich die Haare und sagte: "Es wird dafür schon eine Erklärung geben, wahrscheinlich ist Herr Ludwig einfach nur ein guter Zauberkünstler." Ich ärgerte mich, dass es wieder ein Problem gab. Klar! Jeder wird denken, dass ich es inszenieren konnte. Was eine Blödheit von mir. Der Händler wird bestimmt von schlechten Erfahrungen rund um das Rädchen gehört haben. Aber ich versuchte alles positiv zu sehen. Ich wollte einen mystischen Gegenstand finden und jetzt hatte ich ihn. Eine Kehrseite der Medaille gab es ja bekanntlich immer.

„Also Herr Ludwig... Ihr kleiner Trick hat mich schon beeindruckt. Es gibt aber keine Energie aus dem Nichts, woher kam die Energie?". Ich erwiderte: " Ich war selbst verwundert, aber ich kannte es ja schon. Das Rädchen hat schon zweimal vorher unerklärliche Dinge gemacht. Das ist auch der Grund, weswegen ich zu ihrer Vorlesung gekommen bin. Ich möchte Gewissheit darüber, ob es sich wissenschaftlich erklären ließe, oder nicht."

„Also auf den ersten Blick schon einmal nicht", sagte er mit einem sarkastischen Unterton. „Beim Sinusimpuls des Herzens weiß ja auch keiner, wo er herkommt", fügte ich kurz hinzu. Über den Sinusimpuls gab es, ähnlich wie beim Urknall, nur Theorien. Die Energie kommt scheinbar aus dem Nichts. Der Professor hatte die Situation nicht mehr im Griff und sagte, dass die Vorlesung für heute, für alle Studenten beendet wäre. Der mir mittlerweile bekannte Student rief. „Pfui!" „Nächstes Mal wird die Sache geklärt sein", sagte der Professor.

Die Studenten verließen brav den Hörsaal, zum Teil etwas bleich. Als alle Studenten den Saal verlassen hatten, wandte der Professor sich mir zu „ Herr Ludwig, erstmal vielen Dank für Ihre kleine Zaubereinlage heute. Ich bin nicht sauer auf Sie, oder gereizt. Es ist spannend für mich in Erfahrung zu bringen, wie Sie dies gemacht haben. Können Sie mir, natürlich für eine Vergütung, das Rädchen leihen? Ich würde es gerne mit meinen Kollegen untersuchen. Was halten Sie von 500€? Sie können es morgen Abend beim Sekretariat wieder abholen."

Ich hatte nur sehr wenig Geld und 500€ war eine Unsumme für mich. Ich erwiderte: „Natürlich, Herr Professor!" Es war ja schließlich auch genau mein Anliegen, herauszufinden, was mit dem Rädchen los sei. Der Herr Professor sagte noch: "Wir werden dem Gespenst, oder vielmehr dem Zaubertrick, schon auf den Grund gehen." Der Prof schien gar nicht mehr so überzeugt zu sein, dass ich ihm und den Studenten einen Zaubertrick gezeigt hatte. Wahrscheinlich war es auch viel Psychologie bei ihm. Wir verabschiedeten uns kurz und mir fiel noch ein etwas wegen dem Geld zu fragen: „Entschuldigung, wie bekomme ich mein Geld?"

„Das kann Ihnen die Dame im Sekretariat in bar geben.", antwortete er. Beflügelt verließ ich den Hörsaal und war regelrecht geflashed von der Vorstellung, morgen 500€ zu bekommen.

Der Rückweg im Bus kam mir eher wie ein Flug vor. Es hatte, bis auf ein paar beschämende Momente, alles super funktioniert. Ich dachte darüber nach, was ich mit dem Geld machen würde. Typische Dinge, wie: Meine Freunde zu „McDonalds" einladen, ins „Phantasialand" fahren oder ein Wochenendtrip nach Holland, fielen mir ein. Ich spekulierte schon darauf, noch mehr Geld zu erhalten, falls der Professor und seine, mit Sicherheit habilitierten Kollegen, nichts finden sollten. Aber 500€ waren, für's Erste, echt Weltklasse.

Zuhause angekommen, erzählte ich sofort meiner Mutter davon. Sie grinste nur und beglückwünschte mich. „Aber denk dran, noch hast du das Geld nicht", merkte sie an. Ich informierte Misuki und Johann über

„Whatsapp" von den Geschehnissen. Sie waren, ebenfalls wie ich, begeistert. Selbst Misuki holte die Geschichte aus seinem Ruhestand. Johann wollte, wie meistens, nach „McDonalds". Er bekam von den süffigen Burgern einfach nicht genug. Misuki sagte etwas wie „speziell". Die Geschichte sei für ihn „speziell". Das wohl nüchternste Wort, das man für so eine Wahnsinnsstory verwenden konnte. Johann fragte, ob er heute Abend noch vorbeikommen könnte und nach Zustimmung meiner Mutter sagte ich ihm zu. Es war inzwischen Nachmittag geworden und ich war noch immer voller Adrenalin.

„Komm doch mal runter", sagte meine Mutter zu mir. „Du tust ja, als ob du bald Millionär wärst." „Sorry", erwiderte ich. „Meine Fantasie spielte mir mal wieder einen Streich. Es ist das Spannendste, was ich seit Jahren erlebt hatte." Dies sprach mir wirklich aus der Seele. Die Langeweile hatte mich regelrecht missmutig gemacht. Ich freute mich, dass Johann später vorbeikommen wollte und wir uns quasi auf Vorkasse, bei „McDonalds" die Mägen vollschlagen konnten. Als Johann eintraf, wirkte er „stolz wie Oskar". „Ich sagte doch, dass auf dem Dachboden Schätze versteckt seien." Ich antwortete, dass ich von ihm nichts anderes erwartet hätte. „Wir gehen eben zu McDonalds", rief ich meiner Mutter zu.

Auf dem Weg dorthin schilderte ich Johann nochmal explizit die Geschehnisse. Er sagte, dass er diesmal etwas Gänsehaut hatte. Beim ersten Verselbständigen des Rädchens fand er es noch lustig und glaubte an einen Zufall, doch jetzt dachte er auch schon an einen mystischen Zauber, welcher das Rädchen innehatte. Wir bestellten jeweils ein Burgermenü mit klassischen Pommes dazu. Als wir es gegessen hatten, aßen wir zur Feier des Tages noch eine 6er Packung „Chicken McNuggets" und einen „McFlurry" zum Nachtisch. Wir einigten uns darauf, dass Johann direkt von „McDonalds" nach

Hause lief und wir uns die Tage nochmal sehen wollten. Wir verabschiedeten uns freundschaftlich und ich machte mich ebenfalls auf den Weg nach Hause.

Nach ca. 15 min Fußweg traf ich zuhause ein. Ich guckte zufällig auf den Tisch und es war komisch zu sehen, dass das Rädchen nicht auf dem Tisch stand. Aber der Gedanke an die 500€ stimmten mich sehr positiv. Ich hörte meine Mutter etwas sagen: „Warst du eigentlich nach dem Fund des Rädchens nochmal auf dem Dachboden? Das eine ist ja spannend genug, aber vielleicht ist der Dachboden ja eine echte Schatzgrube." Ich antwortete: "Werde ich in nächster Zeit nochmal machen."

Mir kam es so vor, als ob meine Mutter wegen der Geschehnisse gar nicht aufgeregt war. Sie schien irgendwie wieder so viel mehr zu wissen. Es wurde so langsam dunkel draußen und ich war mir nicht sicher, ob ich abends auf den Dachboden gehen sollte. Das Spinnrädchen zu finden, war schon skurril genug. Ich war mir wirklich nicht sicher, ob mich nicht noch etwas Mysteriöses erwartete. Dieser ständige Konflikt zwischen Mystik und Wissenschaft, fiel mir schon des Öfteren auf. Die meisten Menschen vertraten eine klare Stellung zu solchen Themen. Die einen glaubten an die Wissenschaft und die anderen an die Mystik. Bei mir war es etwa ausgeglichen. Ich glaubte an beides zu gleichen Teilen. Mir war bisher noch nicht viel Mystisches begegnet, daher hoffte ich immer auf etwas zu treffen. Was war jedoch, wenn es gefährlich werden sollte? Ich war im Grunde der Überzeugung, dass die Konnotation der Mystik „ gruselig" eine Einbildung des Menschen „an sich" war. Wir wollten alles erklären, weil wir Unerklärliches fürchteten. Ich war mir nun sicher, dass ich heute Abend noch auf den Dachboden gehen würde.

„Huhu... na wieder am träumen?", sagte meine Mutter. Ich mochte es gar nicht, wenn sie mich so aus den Gedanken holte, aber ich wollte mir nicht meine positive und auch gespannte Stimmung kaputtmachen lassen. „Ich gehe heute nochmal auf den Dachboden", sagte ich, mit einem fast kampfeslustigen Unterton. Meine Mutter lachte „Na, du bist ja mutig." Mir kam es des Öfteren vor, dass sie mich für ziemlich beschränkt zu halten schien. Bei meiner bisherigen Vita, konnte man , um ehrlich zu sein, auch auf solche Gedanken kommen. Ich nahm es ihr also nicht übel. Ich wollte noch mit meiner Mutter ein wenig Fernsehen schauen, bevor ich den Dachboden erneut inspizieren würde.

Um 21:30 Uhr ging meine Mutter endlich ins Bett. Langsam schlich ich die Treppe hinauf, um zu den Stufen, die zum Dachboden führten, zu gelangen. Es war mir schon etwas unheimlich jetzt, aber ich habe lang genug herumgesessen. Ich wünschte mir für mein Leben mehr Spannung und die hatte ich jetzt. Ganz langsam schritt ich die Treppe weiter hinauf. Die Stufen knatschten wieder wie verrückt und es bereitete mir ernsthaft Unbehagen. Ich wusste diesmal erst recht nicht, was mich erwartete. Allein die Tatsache, dass mich irgendetwas zu erwarten schien, fand ich komisch. Da musste auch viel Einbildung dabei sein, erklärte ich mir. Im Hellen hätte ich wahrscheinlich nicht solche Erwartungen an den Dachboden.

Ich stand wieder vor dem Vorhang. Jetzt hatte ich wirklich etwas Gänsehaut. Es war ja schließlich die Heimatstätte des Rädchens. Ich zog den Vorhang zur Seite und machte schnell das Licht an, weil dann alles freundlicher wirkte. Wo wollte ich anfangen? Ich ging zur Kiste, die am wenigsten weit von mir entfernt war. Sie war voller Bücher und Spielzeug. Wie es der Zufall so wollte, fand ich auch eine alte Zauberkiste. Sie schien sehr alt zu sein, befand sich aber in einem guten Zustand. Ich öffnete die Kiste vorsichtig. Es war ein Set für Einsteiger. Es befanden sich ein einklappbarer Zylinder, drei Schaumstoffbälle, ein Kartenspiel und ein kleiner Käfig in der Kiste. Es schien ein gut erhaltenes Set zu sein, aber es war bestimmt 60-80 Jahre alt. Erfreut über meinen Fund suchte ich weiter.

Ganz unten in der Kiste befand sich noch ein kleines Album. Ich öffnete es vorsichtig und stellte schnell fest, dass es ein Fotoalbum war. Die Menschen, die auf den Fotos abgebildet waren, sahen schon enorm altbacken aus. „Wow", dachte ich mir, das Album und die dazugehörigen Bilder dürften locker 100 Jahre alt sein. Ich erkannte vom Sehen her keine Person auf den Bildern. Meinen Großvater kannte ich noch, aber die Generation davor kannte ich nicht mehr. Das Album fand ich spannend. Ich entschloss mich dazu, meine Suche erstmal zu beenden und mir die beiden Objekte morgen nochmal genauer anzuschauen. Der Professor sprach ja auch von einem „Zaubertrick". Ich war auf jeden Fall kein Zauberer. Zumindest nicht wissentlich. Ich wollte mir erstmal keine weiteren Gedanken dazu machen, schaltete das Licht auf dem Dachboden aus, zog den Vorhang wieder zu und ging vorsichtig die steile Treppe hinab.

Irgendwie wollte ich meiner Mutter erstmal nichts über meine Funde berichten und verstaute die Objekte in meinem Schrank. Ich zog mich um und legte mich ins Bett. Von den Ereignissen war ich noch richtig wach. Morgen stand auch die Abholung des Rädchens im Sekretariat an. Es sollte wirklich ein ganz besonderer Tag für mich werden. Ich wachte schon um 7:30 Uhr morgens auf, brauchte auch nicht meine typischen fünfzehn Minuten, um aufzustehen. Ein paar Sekunden nach dem Aufwachen stand ich auf. Meinen Bademantel übergezogen ging ich recht zügig dir Treppe hinunter. Meine Mutter saß schon am Frühstückstisch.

„Guten Morgen", sagte sie frisch wirkend. Ich antwortete ebenfalls mit einem „Guten Morgen", fast genauso frisch klingend. Anders als sonst, wollte ich zunächst die Zeitung lesen, die mich sonst kaum interessierte. Die heutigen Themen überflog ich zügig. „Wahnsinn", dachte ich mir. Ich war selbst passionierter Schachspieler und es weckte mein Interesse, dass es einen Bericht über die Weltmeisterschaften im Computerschach gab. „Houdini in Führung" lautete die Titelzeile. „ Houdini" war fast jedem Schachspieler ein Begriff. Es gilt momentan als das Stärkste Schachprogramm der Welt. Das Programm wurde nach dem berühmten Zauberkünstler Houdini benannt. Ein Grund dafür , dass es im Schachbereich den Terminus „ Fesselung" gab. Houdini war ja ebenfalls ein Entfesselungskünstler. Ein genialer Name für ein Schachprogramm. Schon wieder knüpfte ich eine Assoziation aus der Zeitung, mit meinem wahren Leben. Ich hatte ja einen Zauberkoffer gefunden. „ Houdini"... Zauberkoffer... ,das passte mehr als gut. Ich dachte mir nun, dass ich bald die Antwort auf des Rädchens Rätsel finden sollte.

Von der Untersuchung des Professors und seinen Kollegen versprach ich mir nicht mehr so viel. Ein sehr altes Rädchen konnte doch nicht komplexer als die heutige Wissenschaft sein. Der Professor war ja offensichtlich auch verwundert, sonst hätte er mir ja keine 500€ geboten. Dass er dachte, dass es ein Zaubertrick meinerseits war, war mit Sicherheit nur ein psychologischer Trick gewesen. Meine Mutter holte mich mal wieder aus meinen Gedanken.

„Warst du gestern noch auf dem Dachboden." Ich bestätigte dies zögernd. „Und, was Interessantes gefunden?", fragte sie, als ob sie wieder genau wüsste, dass dies zuträfe. „Es geht so", antwortete ich zögernd. Ich war mir mittlerweile sicher, dass sie vielmehr über den Dachboden wusste als ich. Es war ja auch kein Wunder, aber irgendwie wollte sie doch nicht aufräumen. Sonst regt sie jegliche Form von Unordnung regelrecht auf. Ich glaubte mittlerweile, dass ich etwas wahrhaftig Mystisches gefunden hatte. Es war wohl zum Glück nichts gefährliches, weil meine Mutter stets ziemlich besonnen und zufrieden wirkte.

Als Nächstes hatte ich vor, mir die Funde von gestern nochmal genauer anzuschauen. Ich ging in mein Zimmer und holte das Fotoalbum aus dem Schrank, blätterte es vorsichtig durch und fand nach einiger Zeit ein Foto, auf dem ein Mann mit Umhang, Zylinder und Zauberstab zu finden war. Jemand von meinen Vorfahren musste Zauberer gewesen sein, da war ich mir mittlerweile recht sicher. Aber er konnte mit den Geschehnissen, rund um das Rädchen, nichts zu tun haben. Die Fotos waren offensichtlich schon sehr alt, und der Mann auf dem Bild war bestimmt schon 50 Jahre alt. Als Nächstes nahm ich den Zauberkoffer nochmal genauer unter die Lupe. Es schien wirklich ein simples Einsteigerset zu sein. Die Bälle ließen sich zusammenknautschen, damit man sie besser verstecken konnte. Den Zylinder konnte man auch zusammenfalten und scheinbar verschwinden lassen. Was der Käfig sollte, verstand ich nicht, aber wahrscheinlich konnte man darin eine Taube oder ein anderes Tier verschwinden lassen. Das Rädchen war auf keinen Fall ein Teil des Einsteigersets, soviel war sicher. Ich entschied mich meine Mutter auf meine neuen möglichen Erkenntnisse anzusprechen.

Ich ging wieder hinunter zum Frühstückstisch und fragte sie recht konkret, ob jemand, den sie kannte, oder sogar aus unserer Familie, Zauberer gewesen war. Sie schien schon wieder damit gerechnet zu haben. Sie antwortete: "Dein Urgroßvater, also mein Großvater, war Zauberer". „Mein Urgroßvater sogar", dachte ich mir.

Sie fügte noch hinzu: "Er war wohl keine Berühmtheit, aber trat durchaus vor einigen Leuten gleichzeitig auf". Mich wunderte, dass ich noch nie etwas davon gehört hatte.

„Hast du das Rädchen schon einmal zuvor gesehen, oder davon gehört?", platzte es aus mir heraus.

„Ehrlich gesagt schon", sagte sie zögernd und fügte noch hinzu: „Es gibt nur Gerüchte und Legenden darüber, aber ich wusste nicht, dass es sich auf dem Dachboden befand. Ich wollte mir nichts anmerken lassen. Es gibt aber nur positive Berichte über diesen anscheinend mystischen Gegenstand. Keiner wusste, woher er eigentlich kam. Manche sagen, dass es ein freundschaftliches Geschenk an deinen Urgroßvater, den Magier, war. Er war wie gesagt nicht berühmt, aber er soll echt viel gekonnt haben."

Ich war wirklich überrascht, dass sich meine Mutter wieder mal völlig unmerklich verstellt hatte. Ich hätte am Anfang nie gedacht, dass sie etwas darüber wusste. Das ganze Szenario hat meine Stimmung von einem desillusionierten 28-Jährigen in einen 28-Jährigen mit jugendlichem Elan verwandelt. Es waren einfach drei Weltklasse-

Ereignisse, das Rädchen betreffend, passiert. Und heute sollte ich ja noch die Ergebnisse der wissenschaftlichen Untersuchung erfahren, sowie meine 500€ erhalten. Meine Mutter erwähnte noch, dass sie sich wünsche, dass das Rädchen nicht so bekannt werden würde und nur eine Legende bleiben sollte.

„Damit lässt sich viel Geld verdienen", erwiderte ich ziemlich schnell. „Aber es ist ja kein erarbeitetes Geld, außerdem habe ich keine Ahnung, ob es sich nochmal verselbständigen würde." Ich freute mich über die ganzen Informationen und Geschehnisse sehr. Es war erst Vormittag und ich konnte es kaum bis heute Abend aushalten.

Ich entschloss mich joggen zu gehen. Während des Laufens dachte ich einige Male daran, dass der Händler auch etwa über das Rädchen zu wissen schien, aber er war so unfreundlich, dass ich an ihn im Grunde keinen Gedanken mehr verschwenden wollte. Ich lief heute, eine für mich flotte, 5:30 min/km Zeit. Gut gelaunt kam ich zuhause an. Ich duschte schnell und setzte mich auf die Couch. Die Stunden bis zum Abend gingen nur langsam herum, aber schließlich war es endlich Abend und ich machte mich auf den Weg zur Universität. Eine langweilige Busfahrt später, traf ich pünktlich im Sekretariat ein. Ich war mir die ganze Zeit unsicher, ob wirklich alles, wie besprochen, funktionieren würde, aber als ich das Rädchen sah, fiel mir ein Stein vom Herzen.

„Hallo", sagte ich zur Begrüßung. „Schönen guten Abend", antwortete die mir schon bekannte Dame. „Sie müssen Herr Ludwig sein." Ich spielte einfach mit, dass ich so heißen würde und erwiderte: „Der bin ich natürlich."

Sie fuhr fort: "Der Physikprofessor lässt ausrichten, dass keine Ungewöhnlichkeiten an dem Spinnrädchen festgestellt werden konnten und dass er Ihnen natürlich die 500€ hier gelassen hat." Ich erwiderte: „Vielen herzlichen Dank!" Sie gab mir einen Umschlag, in dem fünf 100€-Scheine waren.

Ich schnappte mir das Rädchen und wollte mich schon auf den Weg nach Hause machen, als die Dame noch erwähnte: "Der Herr Professor lässt noch ausrichten, dass er mit Ihnen gern in Kontakt bleiben würde und dass er besprechen wolle, wie es mit dem Rädchen weitergehen solle." Sie gab mir einen Zettel mit einer Telefonnummer.

Erstaunt sagte ich: „Vielen Dank!", und ging ziemlich zufrieden aus dem Sekretariat. Zuhause angekommen rief ich direkt den Herrn Zahl, so hieß nämlich der gute Mann, an. Wir einigten uns erfreulicherweise bei einem Abendessen bei dem Japaner meines und der meiner Mutter Vertrauens. Meine Freunde und meine Mutter durften natürlich mitkommen. Völlig überrascht berichtete ich den dreien davon und so saßen wir ca. 48 Stunden später zusammen bei „Sakura".

Johann sagte: „Unglaublich, ich sitze hier mit einem richtigen Prof beim Japaner." Herr Zahl lachte darüber und bedankte sich sogar für den Zuspruch von Johann. Herr

Zahl vergewisserte, alles vertraulich zu behandeln und keine Informationen weiterzugeben. Meine Mutter erklärte dem Professor die ihr bekannten Hintergründe des Objektes der Begierde. Der Professor war enttäuscht, dass meine Mutter sich wünschte, dass das Rädchen im Familienbesitz blieb. Wir einigten uns aber darauf, dass es keine weiteren Nachforschungen diesbezüglich geben würde.

Misuki war während des gemeinsamen Abendessens kreidebleich. Hatte die Wissenschaft etwa versagt? Ein echter Professor hat vorhin Übernatürliches verifiziert. Er berichtete mir die Tage, dass er sich auf der Toilette später noch übergeben musste. Er fuhr danach auch relativ schnell wieder nach Hause. Um 21:00 Uhr saßen nur noch meine Mutter und ich vor dem Fernseher und entschieden uns dazu, das Rädchen genau an die Stelle zurückzulegen, wo ich es gefunden hatte.

Zeitfracht Medien GmbH
Ferdinand-Jühlke-Straße 7
99095 Erfurt, Deutschland
produktsicherheit@kolibri360.de